Im Garten meines Vaters

LISA C. MURPHY

Illustrationen von Liza Brown

ISBN: 978-1-946832-00-9

Published by Denny Creek Press, Kirkland, WA

www.DennyCreekPress.com

Für Mark, weil Deutsch die Sprache der Liebe ist

Die Krähe

Im Garten meines Vaters wohnte eine große schwarze Krähe. Sie spähte über die Regenrinnen, pickte die Sprossen von unserem Gemüse und hinterließ totes Ungeziefer im Vogelbad. Sie war ein Schädling. Jedes Mal wenn unser Hund, Marlee, im Garten herumlief, krächzte und schrie sie. Marlee mochte sie überhaupt nicht, und immer wenn er die Krähe sah, bellte und schimpfte er. Wenn er nicht angeleint war, rannte er der Krähe hinterher, als ob er verrückt wäre. Und wenn die Beiden zusammen ihr Unwesen trieben, machten sie einen Mordskrach, während sie einander durch den ganzen Garten jagten. Diese Ruhestörung nervte die ganze Familie, verursachte Chaos und manchmal fuhr mein Vater deswegen aus seinen kurzen Schläfchen hoch.

Eines Tages war Marlee nicht angeleint. Er war ein alter Hund und es gefiel ihm, in der Sonne herumzuliegen. Er war schläfrig und streckte sich achtlos auf dem Rasen aus, den summenden Bienen glücklich und friedlich zuschauend.

Die Krähe spähte über die Regenrinnen und sah den Hund. Die Versuchung war einfach zu groß; schnell wie der Blitz erschreckte sie ihn. Marlee sprang auf und lief ihr bellend und schimpfend hinterher. Er war gerade dabei gewesen, die Krähe einzuholen, als er plötzlich in einem Schmerzensschrei zum Halt rutschte. Die Krähe flog fort und setzte sich kreischend auf die Stromleitung. Sie schaute dem Hund zu, der nicht mehr laufen konnte. Was für ein kluger Schachzug, den Hund dazu zu bringen, so schnell aufzuspringen, dass er sein Bein verletzte! Die Krähe zirpte vor sich hin, als ob sie sich durchaus darüber freute.

Sechs Wochen war der leidende Marlee versehrt. Wegen der Krähe lag er nun im Wohnzimmer herum oder hinkte langsam auf and ab und weigerte sich nach draußen zu gehen. Die Krähe spähte durch das Wohnzimmerfenster und legte den Kopf auf die Seite. Warum war der Hund nicht im Garten? Jetzt hatte sie den Garten ganz für sich alleine. Sie hatte ein gutes Los gezogen!

Aber Unglück wartete leider auch auf die Krähe.

Im US-Bundesstaat Washington wohnten viele weißköpfige Seeadler. Sie stahlen Eier von den Krähennestern, töteten die Nestlinge und jagten die kranken Vögel auf grausamste Weise. Wie erwartet, mochten die Krähen die Seeadler überhaupt nicht. Wenn immer unsere Krähe einen Seeadler sah, tat sie sich mit den anderen Krähen zusammen und vertrieb ihn mit aller Macht. Mehrmals pro Woche setzte sie ihr Leben aufs Spiel, um ihren Schwarm zu verteidigen.

Unsere Krähe war furchtlos im Angriff auf Seeadler. Eines Tages, eine kurze Zeit nachdem Marlee endlich geheilt war, flog ein großer Seeadler über unser Haus. Unsere Krähe flitzte mit den anderen Krähen zum Himmel und griff den Seeadler an. Aber es war ein windiger Tag. Die Luftströmung zog sie unter den Seeadler, sodass er sie mit den Krallen schnappte. Laut krächzend, den Seeadler hin und her zerrend, wehrte sie sich und endlich befreite sie sich. Sich überschlagend stürzte sie in unseren Garten. Marlee—der die Krähe wohl hatte fallen sehen müssen bellte um, nach draußen gelassen zu werden. Er schnupperte im Garten herum, bis er sie unter den Rosen fand. Mit rasendem Bellen alarmierte er mich und ich huschte in den Garten, um die Krähe aufzuheben. Die ramponierte und entstellte Krähe lag ruhig in meinen Händen. Sie schaute mich an, ohne jegliche Angst. *Wir sind doch Freunde,* schienen ihre Augen zu sagen. *Hilf mir!*

Was würden wir sonst machen? Marlee und ich brachten die Krähe zum Tierkrankenhaus. Der Hund wartete von Fenster zu Fenster laufend im Auto, während ich mit der Tierärztin sprach. Unglücklicherweise waren die Beine der Krähe gebrochen. Ich hatte keine Wahl außer sie da zu lassen.

Ich gab dem Tierkrankenhaus das Geld, um sich um sie zu kümmern. Es schien unwahrscheinlich, dass der Vogel mit zwei gebrochenen Beinen überleben konnte. Die ganze Familie machte sich darum Sorgen.

Währenddessen waren alle Krähen in unserer Nachbarschaft aufgebracht. Wo war ihre Krähe? Warum flog sie nicht mehr zum Himmel, jedes Mal wenn die weißköpfigen Seeadler über ihre Köpfe hinwegflogen? Die Krähen versammelten sich auf der Stromleitung vor unserem Haus. Sie spähten über die Regenrinnen und glotzten durch unsere Fenster. Immer wenn Marlee und mein Vater einen Spaziergang machten, verfolgte sie ein Heer von krächzenden und schreienden Krähen. Die Krähen waren zornig, das war laut und deutlich, überzeugt, dass wir am Verschwinden ihrer Krähe Schuld waren. Nach drei Wochen Belästigung erhielten wir einen Brief vom Tierkrankenhaus. Es täte ihnen Leid, jedoch war unsere Krähe gestoben.

Unsere Familie war untröstlich: Unsere mutige und freche Krähe wird nie wieder in unserem Garten herumhüpfen. Mein Vater konnte sie nicht einmal unter den Rosen begraben. Wir trauerten um sie.

Schließlich hatten die anderen Krähen uns vergessen und unser Garten war ruhig. Marlee hatte Langeweile und lag im Haus herum: Nichts zu seiner Beschäftigung, niemanden zum Vertreiben. Es würde ein langer Sommer werden.

Dann eines Tages, vielleicht einen Monat später, kam eine kleine junge Krähe in den Garten. Sie landete auf dem Dach und spähte über die Regenrinnen. Sie probierte unser Gemüse und hüpfte ins Vogelbad. Unser Garten war gar nicht so schlecht! Bald würden wir wieder totes Ungeziefer im Vogelbad haben und den üblichen Mordskrach hören. Als er die Krähe sah, sprang Marlee auf und lief bellend und den Schwanz wedelnd in den Garten. Doch, es war keine Warnung: Es war ein freudvolles Willkommen.

ଓଃଓଃଓଃ

Die Wurmkiste

Im Garten meines Vaters hatten wir viele Rosen. Die gelben Rosen kletterten über den Zaun und sie ließen sich in Wellen in den Garten der Nachbarin herab. Die weißen Rosen verstrickten sich mit den rosa Rosen. Die roten Rosen ragten zwischen den anderen Blumen heraus. Wir schenkten sie unseren Freunden und stellten große Sträuße auf den Küchentisch. Die Blütenblätter fielen überall hin und sie gaben dem Haus einen wunderbaren Duft. Der Garten war entzückend, aber das war er nicht immer gewesen.

Gärtner wissen: Ohne guten Kompost wachsen die Rosen langsam, mit Schwarzfleckenkrankheit und armseligen Blumen. Nach einem warmen Regenschauer in der Nacht befallen Pilze die Blätter und die Rosenbeete sind nicht mehr schön. Deshalb hatte ich mich entschieden, dass wir eine Wurmkiste brauchten.

Eine Wurmkiste ist nur eine Kiste, die alte Stückchen Gemüse enthält. Auf den ersten Blick sieht sie nicht kompliziert aus. Aber Holzkisten verrotten in ein oder zwei Jahren. Plastikkisten sind im Winter zu kalt für die armen Würmer, sodass man sie nach drinnen schleppen muss. Das führt zu braunen und stinkenden Wassertropfen überall. Folglich suchte ich nach einem Wurmkistenfachmann. Glücklicherweise hatte ich eine Freundin, die eine Gartenbaukünstlerin war, und sie gab mir den Namen einer Fachfrau. Diese Fachfrau wohnte nicht so weit von meinem Haus entfernt. Aber es stellte sich heraus, nicht weit genug.

Zuerst lief alles super. Ich rief sie an und vereinbarte ein Treffen. Sie bat mich, sie in ihrem Haus zu besuchen, sodass sie mir ihre Wurmkisten zeigen konnte.

Sie wohnte in einer Bruchbude mit einem moosigen alten Dach und rissigen Wänden. Ihr Haus war nicht besonders schön, dafür war ihr Garten umso atemberaubender. Sogar im Frühling mit dem Winter noch im Nacken sitzend, blühten die Pflanzen schon stark und groß. Die gelben Narzissen streckten sich aus der Erde und bedeckten die ganzen Blumenbeete. Die Apfelbäume waren mit Blüten übersät, sodass die Blüten die ächzenden Äste zu Boden drückten. Die Tulpen formten eine Umrandung um das Haus, die stark wie eine Mauer war. Ich hatte keine Zweifel an ihrem Talent als Gärtnerin. Ich war verzückt; vielleicht würde der Garten meines Vaters auch mal so herrlich sein.

Sie erzählte mir, dass ihre Lieblingswurmkiste vierzig Dollar kostet. Sie könne mir eine verkaufen. Würmer kosteten fünfundzwanzig Dollar pro Pfund. Gemäß der Fachfrau, brauchte ich ein Pfund. Ihre Wurmkisten standen draußen unter den Bäumen in der Nähe von ihrem Gartenschuppen. Dort hob die Fachfrau die erste Ebene einer Wurmkiste an und begann einen Vortrag zu halten. Jeden Teil der Wurmkiste musste sie erklären: Die richtigen Arten von verfaultem Gemüse; der perfekte Boden; die gefährlichen Insekten, die in diesem Boden herumgrüben; die Feuchtigkeit, die die Würmer abtöten könne; die fürchterliche Hitze des Sommers und die bedrohliche Kälte, die im Herbst ankomme. Für fast eine Stunde stand ich in der steifen Brise und ertrug ihren Vortrag über die vielen Mühen, die mit einer Wurmkiste verbunden seien.

Es begann zu regnen und das Wasser leckte in meine Schuhe. Meine Finger waren schon erfroren. Dennoch hatte sie immer noch mehr zu sagen. Endlich konnte ich nicht länger bleiben und ich brach sie ab. Ich fragte sie, ob sie einige Broschüren hätte, die ich lesen könnte? Natürlich! Tatsächlich, für nur fünfzehn Dollar, würde sie mir ein ganzes Buch verkaufen. Um nicht am Kältetod zu verenden, kaufte ich das Buch. Achtzig Dollar und zehn eiskalte Finger später, nahm ich meine Wurmkiste, das Buch und meine Würmer und fuhr endlich nach Hause.

Gott sei Dank, war ich entkommen! Damit war die Sache erledigt, dachte ich. Jetzt konnte ich in Ruhe meine Wurmkiste genießen. Leider war ich wieder im Irrtum.

Am nächsten Tag baute ich meine Wurmkiste zusammen und füllte sie mit zerschnittener Zeitung und Erde. Ich tat altes Gemüse und Obst hinein, aber keine Zitrusschalen, wie von der Fachfrau vorgeschrieben. Ich vermischte alles und schüttete die Würmer dazu. Jawohl! Es war eine vollkommene Wurmkiste! Sie gefiel mir sehr. An einem sicheren Ort neben der Mauer platzierte ich sie. Alles war in bester Ordnung; in einigen Monaten würde ich guten Kompost haben.

Am selben Abend bekam ich eine E-Mail. Meine Fachfrau wollte wissen, ob meine Wurmkiste gut sei.

„Ja!" antwortete ich. „Sie ist wunderbar!"

Sie schrieb mir nichts weiter.

Eine Woche später fuhr ich nach Hause und sah einen Schatten im Garten meines Vaters. Es war Nacht und sehr dunkel. Beunruhigt näherte ich mich, langsam und vorsichtig. Eine Person lehnte sich über die Wurmkiste.

„Wer ist da?" fragte ich.

Sie drehte sich um. Es war die Fachfrau! Sie machte eine Taschenlampe an und leuchtete in die Wurmkiste.

„Es ist zu feucht hier drin," sagte sie. „Haben Sie Wasser hinzugefügt?"

Ich war erstaunt.

„N-n-nein!" stammelte ich. „Kein Wasser. Das Gemüse war nass."

„Zu nass," antwortete sie. „Die Würmer brauchen mehr zerschnittene Zeitung."

Sie nickte. Dann ging sie unsere Einfahrt hinunter, fand ihr Auto und fuhr davon.

Ich stand verblüfft dort. Sie traute sich in den Garten meines Vaters zu kommen und ihre Predigt fortzusetzen! Ich hatte noch nie so viel Dreistigkeit gesehen. Ich ging böse und verwirrt ins Haus. Ich fand eine Taschenlampe und ging zurück in den Garten. Sie hatte Recht: Es war zu feucht darin. Die Würmer lagen vorm Wasser flüchtend über der Erde. Ich mischte mehr zerschnittene Zeitung dazu, dann ging ich zu Bett. Ich lag wach in meinem Bett und machte mir wegen der Fachfrau Sorgen. Was würde sie als Nächstes tun?

Für einen Monat wartete ich auf die Rückkehr der Fachfrau, aber sie kam nicht zurück. Ich atmete erleichtert auf. Vielleicht war ihr Vortragsvermögen aufgebraucht; ich machte mir große Hoffnungen.

Dann eines frühen Morgens hatte ich Gemüseabfall für die Wurmkiste und kam in den Garten. Die Wurmkiste war weg. Verschwunden. Ich suchte den ganzen Garten ab. Sie hatte sich in Luft aufgelöst! Warum ausgerechnet würde jemand eine Wurmkiste stehlen? Die Gartengeräte waren noch dort. Die Wasserschläuche waren noch dort. Weiter fehlte nichts. Was zum Kuckuck?

Dann sah ich ein dunkles Objekt in den Büschen hinter den verwobenen Zweigen versteckt. Ich näherte mich und spähte durch das Blattwerk. Es war meine Wurmkiste mit einem Notizzettel auf dem Deckel.

Sehr geehrte Frau Murphy,

Der Sommer steht vor der Tür und an der Wand würde die Wurmkiste zu heiß werden. Ich habe mir erlaubt, sie zu verrücken, sodass sie nicht in der Sonne schmoren würde.

Mit freundlichen Grüßen,

Z.H.

Ich dachte nur: Mich laust der Affe! Es war nicht zu fassen. Vielleicht hatte sie schon wieder Recht—der Platz an der Wand war warm—aber das Ganze grenzte doch an Übergeschnapptheit. Was konnte ich tun? Abermals lag ich wach in meinem Bett und machte mir wegen der Fachfrau Sorgen. Sie machte mir Angst. Ich würde die Fachfrau loswerden, aber wie?

Den ganzen Sommer blieb die Wurmkiste in den Büschen. Um sie zu füllen, musste ich durch das Blattwerk krabbeln, dessen Zweige meine Haut zerkratzten. Das war eine echte Schererei und es war nicht gerade meine Lieblingsaktivität, aber die Würmer gediehen. Ich wusste, dass die Fachfrau zurückkehren würde—es war zu viel von ihr zu erwarten, wegzubleiben—aber zur Zeit konnte ich kein Anzeichen von ihr entdecken.

Freilich, im Herbst kam ich von der Arbeit nach Hause und fand ein gewaltiges Paket vor der Haustür. Es war ein weiches, seltsam geformtes Bündel, das so groß wie ich war. Ich zog es ins Haus und suchte ein Messer, um es zu öffnen. Darin war ein Röllchen Luftpolsterfolie. Luftpolsterfolie? Warum Luftpolsterfolie? Ich suchte eine Absenderadresse, aber es gab keine. Ich rollte das Röllchen ab und suchte nach einem Notizzettel. Es gab keinen. Was sollte ich damit anfangen? Es war so eigenartig, dass es nur von der Fachfrau sein konnte. Ich stellte sie in den Hausflur und wartete.

Nach zwei Tagen bekam ich einen Brief:

Sehr geehrte Frau Murphy,

Bald wird es Winter und Sie müssen die Wurmkiste vor der Kälte schützen. Bitte wickeln Sie die Luftpolsterfolie um die Wurmkiste herum. Sie schulden mir zwanzig Dollar für die Folie und den Postversand.

Mit freundlichen Grüßen,

Z.H.

Das war der Tropfen, der das Fass zum Überlaufen brachte. Ich konnte die Fachfrau nicht mehr ausstehen. Ich packte die Isolierfolie wieder ein, schrieb die Adresse mit „Zurück an den Absender" darauf und brachte sie zur Post. Dann versteckte ich die Wurmkiste in der Garage und schloss die Garagentür ab.

Sehr geehrte Z.H., schrieb ich.

Ich gebe die Wurmkiste auf. Es ist mir zu viel Aufwand. Also brauche ich Ihre Hilfe nicht mehr.

Mit freundlichen Grüßen,

L.M.

Ich warf den Brief ein.

Während der nächsten Wochen gab es mehrere Hinweise darauf, dass die Fachfrau neugierig war. Wo die Wurmkiste gewesen war, waren einige Buschzweige abgebrochen. Als ob ein Kobold uns einen Besuch abgestattet hätte, waren kleine weibliche Fußspuren in der matschigen Erde zu sehen. Aber ich sah die Fachfrau nicht.

Den ganzen Winter blieb die Wurmkiste sicher und gepflegt in der Garage. Im Frühjahr entschied ich mich, sie nicht nach draußen zu verlagern. Ja, sie war dreckig und hinterließ überall braune und stinkige Wassertropfen. Trotzdem ließ ich sie in der Garage, wo der Regen sie nicht zu feucht machen konnte und die Sonne sie nicht schmoren konnte. Der wichtigste Faktor war jedoch, dass die Fachfrau sie nicht finden konnte.

Für zwei Jahre versteckte ich die Wurmkiste in der Garage. Die Würmer waren zufrieden. Dann, eines Frühlingstages, musste ich die Garage organisieren. Ich verlagerte die Wurmkiste in den Garten. Die Bäume wuchsen in die Höhe und die Wand war nicht mehr im Sonnenschein. Die Äste schirmten die Wand vorm Regen. Es war ein vollkommenes Heim für die Wurmkiste, deshalb plazierte ich sie dort. Im Verlauf der Jahre hatten die Rosen meines Vaters von dem Kompost profitiert. Sie blühten wundervoll

und hatten keine Krankheiten. Was für einen wunderschönen Garten mein Vater hatte! Ich war sehr stolz und ich bedankte mich bei den Würmern.

Drei Tage später stand die Fachfrau an der Haustür. Warum war ich verwundert? Ich hätte das erwarten sollen! Entschlossen, Kopf und Kragen riskierend, lud ich sie ein, ins Haus zu kommen.

„Setzen Sie sich doch," sagte ich. „Möchten Sie etwas Tee?"

„Ja, bitte!"

Eine unbehagliche Stille herrschte, während das Teewasser kochte. Ich setzte die Tassen auf den Tisch.

„Frau H., ich habe ein Geständnis abzulegen. Ich habe die Wurmkiste niemals aufgegeben. Sie war in unserer Garage."

„Das habe ich vermutet," antwortete sie.

„Ich habe Sie zu aufdringlich gefunden, also habe ich die Wurmkiste versteckt."

Sie lächelte mit einer traurigen Miene. „Sie sind nicht die Erste, die das findet."

„Bitte verstehen Sie doch. Seit einigen Jahren geht es meinen Würmern gut. Würden Sie bitte aufhören mich zu bespitzeln?"

Sie erforschte ihre Hände, dann sah sie mir in die Augen. „Ich gebe zu, dass Sie die Kiste gut gepflegt haben. Ich werde Sie nicht mehr belästigen."

Dann trank sie ihren Tee aus, stand auf und ging zur Tür.

„Auf Wiedersehen Frau H.," sagte ich.

„Auf Wiedersehen."

Sie drehte sich um und begann die Treppe hinunterzugehen. Dann drehte sie sich nochmals um und gab mir ein neckisches Lächeln.

„Möchten Sie ein Bienenhaus kaufen? Ich habe die Mauerbienen, die keinen Stachel haben. Ich könnte Ihnen beibringen, sich um sie zu kümmern."

Sie können sich zweifellos vorstellen, was ich dachte: *Nie und nimmer!*

„Dankeschön, Frau H.," sagte ich. "Aber wirklich, nein danke."

ൟൟൟ

Die Kolibriplage

Im Garten meines Vaters gab es viele Blumen, die Kolibris mögen: Fuchsien, Indianernesseln, Fingerhutblütige Bartfaden, Garten-Montbritien, und Salbei. Jeden Juli, wenn all die Blumen blühten, schwirrte der Garten mit diesen schönen kleinen Vögeln.

Früher glaubte ich, dass Kolibris anfällige winzige Wunder sind—schwach und verletzbar. Dann, eines Februars, machte ein weiblicher Annakolibri sein Nest in der Tanne, die im Garten meines Vaters stand. Dank dem Nest bildete ich mir ein anderes, vollständigeres Bild.

Die Balz der Kolibris ist dramatisch und ungestüm. Das Männchen schießt mehr als fünfzehn Meter in den Himmel. Dann stürzt es sich zwitschernd im großen Bogen herunter und zieht sich mit surrenden Flügeln im letzten Augenblick wieder hoch. Offenbar finden die Weibchen diese Balz anziehend, weil sie in Scharen zu den lautesten und wildesten Männchen kommen.

Im Garten hatten wir eins von diesen sehr aggressiven Männchen. Auf diese Weise war ein weiblicher Kolibri in unseren Garten gekommen und blieb dort, um ein Nest zu bauen.

Als ich den weiblichen Kolibri sah, freute ich mich über unser Glück. Um den nistenden Muttervogel zu begrüßen, hing ich einen Futterspender mit Zuckerwasser auf und stellte eine Kiste mit Trocknerflusen für ihr Nest raus. Dann schaute ich von meinem Fenster aus dem Vogel zu, während er an dem Futterspender nippte und die Fusel tragend von Zweig zu Zweig flitzte, um sein Nest zu bauen. In Kürze würden wir eine ganze summende Familie von Kolibris in unserem Garten haben. Ich war entzückt.

Auch unsere Krähe hatte das Nest bemerkt. Sie spähte über die Regenrinnen, legte den Kopf auf die Seite und überschaute die Lage. Als Nächstes lauerte sie in der Nähe vom Nest herum und hüpfte leise zirpend in die Äste darüber. Zuerst dachte ich, dass sie neugierig war. Dann kam mir der Gedanke, dass sie hungrig war. Kleine Babykolibris würden eine gute Zwischenmahlzeit sein.

Ich war über die Krähe besorgt, aber es schien dem Mutterkolibri gleichgültig zu sein. Er flitzte um die Krähe herum, als ob sie ein

unbedenkliches Klümpchen wäre. Die Krähe näherte sich hautnah an den Nistplatz, aber der Kolibri machte sich nichts aus ihr. Zu allem Übel schien das Männchen seinen Partner vergessen zu haben. Er machte sich daran, sein Leben zu leben, ohne jeglichen Gedanken an das Nest. Ich befürchtete, dass die Nestlinge gefressen werden würden, sobald sie schlüpften.

Das Annakolibri-Männchen ist ein schöner Vogel mit einem blutroten Hals und Kopf. Sein Rücken ist schimmergrün und seine Brust ist ein weiches Weiß. Das Weibchen hatte keine dieser angeberischen Farbtöne. Es ist eintönig grün und grau—Farben, die leicht zu vergessen sind—und kann sich gut in ihrem natürlichen Umfeld anpassen. Solch ein winzig kleiner Vogel ist fast unsichtbar, besonders wenn er still auf einem Ast sitzt. Oft schien es, dass die Krähe nicht wusste, dass der Kolibri dort war. Deshalb gelang es dem Weibchen, sich an die Krähe heranzuschleichen, ohne dass sie es bemerkte. Auf diese Weise wurde das Nest gebaut: Die Krähe umkreiste das Nest und der Kolibri umkreiste die Krähe.

Nachdem das Nest gebaut war, legte das Weibchen zwei Eier. Die Eier waren weiß und der Größe eine Fingerspitze wie zwei kleine Perlen. Fortan verließ die Vogelmutter das Nest nicht mehr. Weil das Nest nur vier Zentimeter breit war, konnte sie das aus Ästchen, Moos und Flusen gemachte Körbchen ganz mit ihrem Körper bedecken. Sie kauerte sich

darüber, den spitzen Schnabel auf die Krähe gerichtet, und starrte sie mit ihrem bohreden Blick an. Die Krähe, die bisher noch keine Auseinandersetzung mit diesem Kolibri gehabt hatte, sah offenbar keine Gefahr in ihrer Haltung. Sie erkundete weiterhin mehrfach täglich den Nistplatz.

Irgendwie überstand die Vogelmutter die sechzehn Bruttage ohne Katastrophe. Die Nesthäkchen schlüpften und fingen zu piepsen an. Ich hörte ihre leisen Stimmen, während ich im Garten arbeitete. Jetzt war die Krähe ganz aus dem Häuschen. Es schien, als ob die Krähe jeden Augenblick im Nest sein könnte, also war es niemals ungefährlich das Nest zu verlassen. Wie sollte die Vogelmutter sich selbst und ihre Küken ernähren? Ich füllte den Futterspender mit Zuckerwasser auf und hoffte.

Ein paar Tage nachdem die Nesthäkchen geschlüpft waren, jätete ich die perennierenden Gartenbeete, als ich einen fürchterlichen Lärm hörte. Ich schaute zur Tanne und da war die Krähe. Sie stocherte im Moos und den Ästchen des Nestes herum, im Versuch sich die Nesthäkchen zu schnappen. Die zwei kleinen Nesthäkchen schrien Zeter und Mordio, um sich gegen den Angriff zu verteidigen. Der Muttervogel war nirgendwo zu sehen.

Ich sprang auf und rannte die Harke in der Hand haltend zur Tanne. Ich war gerade auf dem Weg die Krähe zu schlagen, als ein schwirrender, summender Sturm von Flügeln auf die Krähe prallte. Die sturmgepeitschte Krähe gab ein überraschtes Krächzen von sich, nicht in der Lage ihren Angreifer zu sehen. Im Versuch den Angriff auszuweichen, hüpfte sie auf einen anderen Ast. Wieder und wieder wurde auf ihren Kopf eingestochen. Fliegende Federn versperrten ihr die Sicht. Sie schlug mit Schnabel und Krallen zurück, aber der Kolibri war zu schnell. Er flitzte und warf sich herum, wie ein Kugelregen. Schließlich flog die Krähe die Straße hinunter, der Kolibri schoss ihr hautnah hinter her. Ihre streitenden Stimmen waren noch lange zu hören, bis sie weit in der Ferne verblasten.

Gut! Dachte ich. Ein Problem weniger.

Ach, du grüne Neune, wie hatte ich mich geirrt!

Einige Minuten später war die Kolibrimutter zurückgekehrt. Und sie war erbost. Im Sturzflug an meinem Ohr vorbeisausend, griff sie mich mit aller Kraft an. Sie trieb mich durch den Garten und verfolgte mich, bis ich mich im Haus versteckte. Sie interessierte sich nicht dafür, dass ich das Nest verteidigt hatte: Niemand würde ihren Garten betreten.

Dieses Verbot hielt über die nächsten Wochen an. Jedes Mal, wenn einer von uns sich nach draußen wagte, wurde er von dem Vogel angegriffen. Weder mein Vater, noch mein Mann, noch meine Freunde, noch nicht mal der Hund konnten kommen oder gehen. Wir waren die Feinde.

Die Nesthäkchen wuchsen heran, lernten das Fliegen und fingen an, den Futterspender zu benutzen. Trotzdem waren wir immer noch unerwünscht. Nun waren die Nesthäkchen groß genug, um überall hinzufliegen und drei Kolibris überfielen uns, wenn wir in den Garten gingen. Gezwungenermaßen füllte ich den Futterspender bei Nacht. Von unseren Fenstern aus schauten wir zu, wie das Unkraut wucherte.

Endlich waren die ausgewachsenen Nesthäkchen ausgeflogen. Die Kolibrimutter, die jetzt alleine war, vergaß ihren Ärger und kehrte zur Normalität zurück. Wir atmeten erleichtert auf und mein Vater und ich hoben unsere Gartenhacken auf. Ein paar Tage später schlich sich unsere arme Krähe vorsichtig zurück zu uns, aber sie machte einen großen Bogen um den Kolibri.

Meinen Sie, ich habe im nächsten Jahr die Kolibris wirklich wieder mit Zuckerwasser und Trocknerflusen angelockt? Definitiv nicht! Sie sind wundervoll hübsch, aber sie werden schnell zum kleinen Terror des Gartens.

ରୟରୟର

Die Piraten im Garten

Im Garten meines Vaters gab es eine sonnige Ecke, wo er einen kleinen Gemüsegarten anbaute. Jedes Jahr baute er dort Tomaten, Möhren, Grünkohl, Blaubeeren, Auberginen, Kopfsalat, rote Beete, Erbsen und Bohnen an. Den ganzen Sommer aßen wir die Beeren und das frische Gemüse, das gerade aus dem Boden gekommen war. Mit diesen Schätzen machten wir die köstlichen Gerichte aus den vielen Ländern, in die mein Mann reiste: Thailand, Italien, Malaysia, Spanien, Schottland und Deutschland. Diese kleine sonnige Ecke brachte uns viel Freude und wir tagträumten von ihr im Winter, wenn wir nur Supermarktgemüse hatten.

Eines Jahres, dank der Wurmkiste, die viel Kompost hergab, erwarteten wir eine großzügige Ernte. Als erstes war der Grünkohl erntefähig. Wir kochten ihn mit Essig und gebratenem Knoblauch. Er war wunderbar zart und süß.

Wir hatten grandiose Erwartungen für die Erbsen und sie enttäuschten uns nicht. Wir aßen sie in frischer Suppe mit Brot und Käse. Bald würden die Blaubeeren reif sein und wir sprachen über Blaubeerpfannkuchen und Blaubeerpies. Eine nach der anderen wurden die Beeren blau. Schließlich hatten wir genug für ein wahres Festessen und ich ging mit meinem Korb begeistert und hungrig in den Garten.

Ich konnte keine Blaubeeren finden. Nicht eine Beere.

Sie können sich vorstellen, wie verwirrt ich war. Ich starrte die Büsche an. Nicht nur waren die reifen Beeren verschwunden, sondern auch die grünen Beeren waren weg. Nichts als die Blätter hingen von den Ästen. Wer hatte unseren Schatz gemaust? Die Krähen? Ein Waschbär? Kojoten fressen Beeren; vielleicht hatten die Kojoten unser Festmahl gehabt. Ich suchte nach Kratz- oder Pfotenspuren aber ich konnte keine finden. Wer auch immer der Dieb war, er würde nicht so einfach zu verfolgen sein. Zu tiefst enttäuscht kehrte ich zum Haus zurück. Wir mussten Rühreier zum Frühstück essen.

Über die nächsten Tage aßen wir einige Möhren und ein paar Salatköpfe. Soweit unsere Familie wusste, war nicht mehr Gemüse verschwunden. Es schien ein bisschen übertrieben, sich mit dem Verschwinden der Blaubeeren weiter zu befassen, deshalb sprachen wir nicht darüber. Dennoch ging es uns nicht aus dem Kopf.

Die Bohnen würden die nächste große Ernte sein. Wir hatten so viele Bohnen an den Kletterpflanzen, dass wir uns entschieden, eine Vielfalt an Bohnengerichten zu kochen. Von thailändischen Bohnen mit Chilischoten und italienischem Bohnensalat schwärmend warteten wir. Wir luden Freunde zum Abendessen ein. Jetzt freuten sich mehrere Familien über die kommenden Bohnen und schlugen verschiedene Speisen vor. Der Tag des Bohnenessenabends war angekommen und mein Vater und ich gingen in den Garten mit unseren Körben.

Die Kletterpflanzen sind grün genau wie die Bohnen, also dachten wir für einen kurzen Moment, dass die Bohnen sich versteckt hatten. Aber augenblicklich wurde uns klar, dass wir keine einzige Bohne hatten. Unsere Ernte war abermals verschwunden. Wir hatten ein ernstes Problem.

Dieses Mal waren wir fest entschlossen, den Dieb zu fassen. Leider hatte es nicht geregnet und es gab keine Fußspuren. Also knobelten wir und suchten nach sonstigen Hinweisen. Der Dieb hatte die Kletterpflanzen nicht auseinandergerissen, somit war er kein Waschbär. Waschbären machen immer Ärger und zerstören alles. Rehe hingegen hätten auch die Blätter gefressen. Außerdem sind sie schwerer, daher hätten sie trotz des trockenen Bodens Fußspuren hinterlassen. Der Dieb war kein Reh. Würden Krähen oder Kojoten die gesamte Bohnenernte fressen? Das war eher unwahrscheinlich.

Erstmals kam uns der Gedanke: Vielleicht war der Dieb ein Mensch.

Abends beim Bohnenessenabend sprachen alle von nichts anderem. Während wir die Bohnengerichte aßen—Bohnen aus dem Supermarkt und nicht halb so schmackhaft wie aus unserem Garten—grübelten unsere Freunde über unsere Nachbarn: Wer würde uns bestehlen? Jeder Nachbar wurde eingehend hinterfragt: Wer hätte ein Motiv und die Mittel gehabt, sich unser Gemüse zu krallen?

Die meisten Nachbarn waren freundlich und sozial gesinnt, nicht der Art von Leuten, die einen Garten plündern würden. Nur eine Person war nicht so verlässlich. Alle unsere Freunde wussten, dass der junge Mann, schräg gegenüber von uns, uns nicht mochte. Er grollte uns, weil das Rathaus uns vorgeschrieben hatte, einen Baum zu pflanzen. Dieser Baum versperrte seine Aussicht. Er wies uns die Schuld zu, auch wenn wir nichts dafür konnten. Außerdem arbeitete er bei der Lebensmittelkooperative und aß nichts als vegane Küche. Er hätte unser ganzes Gemüse essen können. Meine Freunde entschieden, dass er uns noch böse war und er der Dieb sein musste.

Aber wie konnten wir ihn auf frischer Tat ertappen? Da es im Garten kein reifes Gemüse mehr gab, hatten wir die Zeit uns einen Plan auszudenken. Innerhalb von ein oder zwei Wochen sollte es Zeit für die Tomatenernte sein. Bis dahin würden wir einen guten Plan haben.

Im Laufe der nächsten Woche bekam ich viele E-Mails von meinen Freunden. Sie beschäftigten sich eifrig damit, wie sie unsere Ernte beschützen konnten. Sie schlugen alles, von Zäunen bis zu Videokameras, vor, aber mein Vater mochte seinen schönen Garten nicht verunzieren. Letztlich hatte ein Freund sich freiwillig gemeldet, in der Nacht Wache zu halten. Wir fanden einen bequemen Gartenstuhl und platzierten ihn dezent in den Büschen. Wir gaben ihm eine dicke Decke für seine Beine. Ein Freund stellte sogar eine Nachtsichtbrille zur Verfügung. Unser Ehrenwachman bezog seinen Posten und wir brachten ihm eine große Termoskanne Kaffee. Niemand würde unsere Tomaten stehlen!

Zweifellos war unser Ehrenwachman sehr wachsam gewesen. Nach einer Woche hingen die Tomaten noch immer an den Kletterpflanzen. Wir fühlten uns fröhlich siegreich. Wir planten eine Tomatensoßenzubereitungsfeier und legten einen Termin fest.

Der Tag war gekommen; nach acht weiteren Stunden im Sonnenschein, würden wir die Tomaten pflücken. Wir gingen unbesorgt zur Arbeit. Es verstand sich, dass der Dieb nicht am helllichsten Tag stehlen würde. Außerdem würde mein Vater doch dort sein. Ein bisschen taub und zum kurzen Schläfchen neigend, aber er war respekteinflößend mit der Harke in seiner Hand.

Nach der Arbeit empfing Papa mich an der Haustür mit den schlechten Nachrichten. Er hatte das Unkraut im Garten den ganzen Vormittag gejätet.

Danach hatte er sich auf der Terrasse ausgeruht. Er hatte seine Augen für nur einen Augenblick geschlossen—er war sich sicher, dass es nicht mehr als fünf Minuten gewesen waren—und als er sie wieder geöffnet hatte, war das Meiste von unserer Ernte verschwunden. Es waren nur ein paar Tomaten übrig—wir konnten vielleicht ein paar kleine Einmachgläser Tomatensoße machen. Irgendwie hatte unser Dieb es geschafft noch einmal zuzuschlagen.

Ich konnte es nicht glauben, dass jemand, nicht mal der junge Mann von schräg gegenüber, uns direkt unter unserer Nase bestehlen würde. Wie konnte er so etwas tun? Ich war so böse, dass ich zu seinem Haus marschierte und an seine Tür hämmerte.

Nach ein paar Minuten kam seine alte Mutter zur Tür.

„Guten Abend," sagte sie.

„Guten Abend. Ist Herr L. da?" Es war schwer meinen Ärger zu verbergen.

„Nein," antwortete sie. „Er ist bis nächste Woche in Texas. Kann ich Ihnen vielleicht helfen?"

Oje! Mit einer Schamröte nuschelte ich ein Dankeschön und huschte davon. In meiner Eile jemanden anzuklagen, hatte ich offensichtlich einen furchtbaren Fehler gemacht. Gott sei Dank war mein Nachbar nicht da und hatte meine Wut nicht ertragen müssen.

Und was kam nach dem Debakel?

Wir gingen alle zum Spaghettihaus zum Abendessen: Mein Vater, unsere Freunde, mein Mann und ich. Wir konnten über nichts als den Dieb reden. Wie war er so ungeschoren davongekommen? Wir hatten keine Ahnung. Als wir nach Hause kamen, war, wie erwartet, der Rest der Tomaten verschwunden. Wir waren am Ende und niedergeschlagen.

An dieser Stelle gaben wir unsere Ernte auf. Während der nächsten Wochen baute mein Vater sein Gemüse wie eh und je an, aber wir machten uns keine falschen Hoffnungen, dass wir das Gemüse essen würden.

Dann eines Tages, die Auberginen waren fast reif, jäteten mein Vater und ich den Garten. Die Mutter meines Nachbarn, der schräg gegenüber von uns wohnte, ging an unserem Garten vorbei und hielt an, um mit meinem Vater zu plaudern.

„Guten Tag!" sagte sie. „Was für einen hübschen Garten haben Sie!"

„Danke," sagte mein Vater.

„Und Sie haben so niedliche Großenkelinnen die Ihnen helfen."

„Großenkelinnen?" fragte mein Vater überrascht. „Ich habe keine Großenkelinnen im Bundesstaat Washington."

„Aber . . . ich sehe so oft drei kleine Mädchen in Ihrem Garten. Sie pflücken Ihr Gemüse, manchmal spät abends noch. Es sind fleißige kleine Mädchen."

„Was Sie nicht sagen! Und sehen Sie, wohin diese Mädchen mein Gemüse bringen?"

„Aber, ja. Hinter Ihren Geräteschuppen."

„Danke, das erklärt alles! Und wie geht's Ihrem Sohn?"

„Danke, gut. Er ist aus Texas zurückgekehrt. Ich werde ihn von Ihren grüßen. Tschüss!"

Also gingen mein Vater und ich hinter den Geräteschuppen, um unsere Ernte zu suchen. Dort fanden wir nichts als einen alten ausgesonderten Gerätekasten, den wir neugierig öffneten. Darin waren drei Holzschwerter, drei Dreispitzen—die Hüte der Piraten—und darunter waren all unsere Schätze. Natürlich, waren sie verfault: Blaubeeren, Bohnen und Tomaten verwesten in einem stinkenden Brei. Igittigitt!

Am nächsten Tag stellte mein Vater ein Schild in seinem Garten auf:

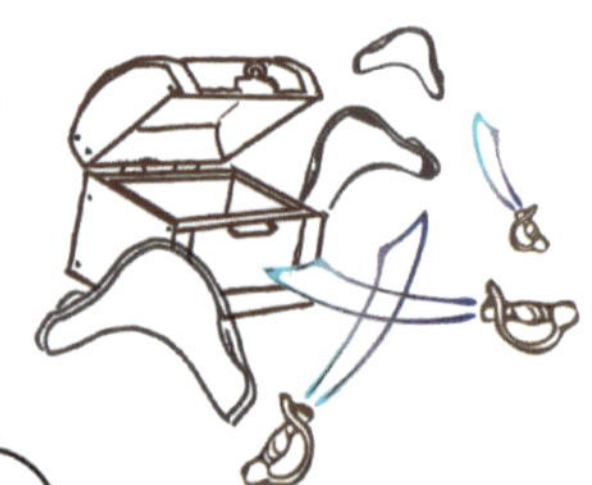

Mit diesen Gutscheinen kaufe ich meinen Garten frei. Fortan verwendet ihr bitte eure Schwerter, um mein Gemüse vor Eindringlingen zu schützen und nicht, um ihn zu plündern.

Danke.

O.T. M.

Er befestigte einen Briefumschlag an dem Schild mit drei Gutscheinen für die Eisdiele der Nachbarschaft.

Die Schwerter und die Dreispitzen verschwanden in der nächsten Nacht vom Gerätekasten. Wir hatten die Piraten niemals auf frischer Tat ertappt. Vielleicht beschützten die Piraten nun unseren Garten. Vielleicht ließen sie ihn lediglich in Ruhe, aber für den Rest des Sommers wurde unsere Ernte nicht mehr gestohlen.

„Nächstes Jahr werden wir im Frühjahr das Lösegeld bezahlen und den Ärger vermeiden," sagte mein Vater.

Und das tat er von nun an und wir ernteten unser Gemüse ohne Sorgen.

 CRCRCR

Über die Autorin

Lisa C. Murphy ist eine Ärztin und Schriftstellerin, die im US-Bundesstaat Washington wohnt. Mit ihrem Vater teilt sie einen großen Garten, den beide lieben. Normalerweise schreibt sie Romane, aber im Bestreben Deutsch zu lernen, schreib sie diese kleinen Geschichten. Sie hofft, dass diese Erzählungen der Welt ein bisschen Freude bringen.

Über die Grafikerin

Liza Brown ist eine Grafikdesignerin und Sopranistin, die Leuten leidenschaftlich dabei hilft, ihre Stimmen durch Kunst und Musik zu finden. Sie liebt es in Seattle zu wohnen, in der Nähe ihrer Familie und des Wassers. Wenn sie nicht Grafiken entwirft oder singt, untersucht sie die neurologischen Auswirkungen, die Substanzabhängigkeiten auf das Gehirn haben, und entwickelt Behandlungsmethoden durch Kunst und Musik.

Über die Texteditorin

Sünne Dixon ist in Deutschland aufgewachsen, hat in den Niederlanden Internationale Beziehungen studiert und lebt jetzt mit ihrem Mann in den USA, wo sie als Dolmetschervermittlerin und Deutschlehrerin tätig ist. Ihre Leidenschaft für Kulturen, Länder und Sprachen hat sie dazu verleitet sieben romanische und germanische Sprachen zu lernen und mit Begeisterung Deutsch als Fremdsprache zu unterrichten.